La Constellation du Vide

Lucile Darze

La Constellation du Vide

Édition : BoD · Books on Demand, 31 avenue Saint-Rémy, 57600 Forbach, bod@bod.fr
Impression : Libri Plureos GmbH, Friedensallee 273, 22763 Hamburg (Allemagne)

ISBN : 978-2-3225-5596-3
Dépôt légal : mars 2025

Mes sincères remerciements
à Laurent, Anne et Claire,
pour leurs relectures attentives, leurs conseils
et leur soutien.

Merci à ma famille.

Merci également à Élodie pour le temps d'échange.

Pour Laurent

Lumière tamisée, ambiance soyeuse, réconfortante.
Sereine. Apaisante. Tout invitait à la confiance.
Pourtant, une question le submergeait.
Que dirait le détecteur de mensonges ?
Pourrait-il le leurrer ?
Et d'ailleurs, que voulait-il lui-même vraiment ?

Jambes fuselées, mollets galbés, cuisses fermes. Juste comme il les aimait. Non qu'un cul arrogant ou une paire de seins moelleux ne puisse également le faire bander. Mais, décidément, ces longueurs de jambes, c'était bien ce qu'il préférait.

La Coupole de verre montrait un ciel radieux. Seule, Daphnée boudait, jalouse, dans un coin de sa piscine.

J'irai lui balancer quelques daurades tout à l'heure, pensait Norb, tandis qu'il s'affairait entre la paire de jambes, qui s'esclaffait de bonheur ; du moins, c'est ce qu'il se plaisait à penser. Comme toutes les autres, elle s'émerveillerait du plafond radieux, puis prendrait ses cliques et ses claques, et disparaîtrait dans la nature. Parfois, elles revenaient, attirées par le charme fou qu'il dégageait. C'est en tout cas ce qu'il se plaisait à imaginer. Et, s'il ne se souvenait jamais de leur prénom, il se targuait de mémoriser avec une précision déconcertante chaque détail des membres inférieurs de ses conquêtes successives. Il avait établi toute une classification, de la rugosité au toucher soyeux, précisant palettes de couleurs et détails multiples. Saupoudrées de divers poils, duvets, naevus. Clairsemées, voire totalement glabres. Avec ou sans veines pulsatiles. Ongles peints, articulations craquantes, peau extensible. Odeur musquée, florale, perspirante, … Il aurait pu se vanter d'en rédiger de fidèles descriptions, vernies d'une poésie doucereuse.

Celle qui se débattait joyeusement ce jour-là semblait avoir du caractère, et se permit même de remarquer qu'elle préférerait quelques cumulonimbus sur le Dôme de verre. Encore une rabat-joie ! Heureusement, ce n'était pas la majorité ! Encore que cela avait son charme. Elle croisait les jambes, en guise de protestation délicieuse. Toutefois, le Dôme s'assombrit quelque peu, signe d'un imperceptible agacement. Non pas un cumulus, gonflé de blanc, mais des stries de stratus grincheuses. Nouvelle moue de la paire de jambes, qui décidément, était une emmerdeuse.

Bon débarras, grogna Norb, lorsque la Belle eut déguerpi. Le Dôme se révélait désormais ombrageux. Il se sentait d'une humeur massacrante. Seule, Daphnée se trémoussait, triomphante, et en une pirouette, vint croquer une daurade croustillante.

On sonna à sa porte, vestige des temps anciens, et dont Norb n'était pas peu fier. Lui qui aimait d'habitude en entendre le son, se renfrogna.

Qui pouvait bien venir le faire chier à cette heure, en ce moment, alors qu'il était d'une humeur ténébreuse ? Le Dôme prit des teintes orageuses, épaisses, accusatrices.

Pourtant, indifférent et sans crainte, Hippolyte entra, la mine réjouie.

- C'est toujours collé sur ton humeur, ton machin ? sourit-il en désignant le Dôme sombre au-dessus de leurs têtes.

- Rumpf, grogna Norb pour toute réponse.

Hippolyte restait bien le seul humain qu'il pouvait tolérer dans ces circonstances.

- Un jour, il va péter, ce toit, et ce jour-là, je voudrais pas être dessous, lui lança-t-il, narquois.

Daphnée bondit. Elle adorait Hippolyte. Toujours, pour elle, il avait dans sa poche un petit quelque chose à se mettre sous la dent. Sardine, maquereau, anguille. On ne savait jamais où il les avait dénichés. Peut-être volé directement à l'étalage ? Encore que dans ce monde aseptisé, cela relèverait de l'exploit.

Quand Daphnée aperçut les écailles, elle fit un magnifique plongeon, en guise de remerciement. Hippolyte lui lança le poisson, et l'otarie, signe d'un suprême attachement, se laissa tapoter le flanc.

- De rien, ma belle, lui murmura Hippolyte.

Norb le contempla. Lui seul savait que son ami cousait sous chacune de ses chemises deux attaches, sur lesquelles se fixait fermement une brindille. Sa pipistrelle venait chaque jour s'y suspendre et se blottir. Norb se demandait si cela ne risquait pas de repousser quelques femmes si toutefois celles-ci s'en apercevaient, mais il n'avait jamais osé demander si une telle déconvenue était déjà arrivée. L'aurait-il fait qu'Hippolyte aurait répondu en souriant que, la nuit, les pipistrelles volent de leurs propres ailes, et ce n'était donc qu'à la levée du jour qu'il lui fallait se rhabiller s'il voulait préserver son secret. Mais cela expliquait que, malgré son travail de cracheur de feu, et son torse bombé qu'il aurait pu mettre en valeur devant une foule admirative, il gardait toujours sa chemise, sa pipistrelle reposant contre son cœur.

Malgré ses réflexions, le Dôme restait sombre.

- Allez, viens te changer les idées, mon gros, lui intima Hippolyte.

- J'ai la flemme. Je ne veux pas sortir, grommela Norb, grincheux.

- Même pour descendre sous la brume ?

Norb céda. Son ami s'esclaffa, sachant qu'il cédait toujours à cette tentation.

Il prit place sur la chaise qu'on lui présentait. La jeune femme face à lui cherchait à se donner une contenance. Elle tapota la table de ses longs doigts. Il remarqua que le bout de ses ongles était méticuleusement grignoté. Elle lui sourit, et lui tendit un écran.

- Même pour vous... s'excusa-t-elle, d'un air gêné. Ce sont des formalités. Mais vous savez... On doit vérifier votre identité... Enfin... Vous savez... Les usurpations d'identité, ça existe...

Avec un pâle sourire, elle ajouta :

- Je suis désolée... Je peux vous faire lire le règlement si vous voulez vérifier...

Il haussa les épaules, grommela un bruit inaudible, et posa négligemment son index sur l'écran qu'elle lui tendait.

Pour descendre sous la brume, il fallait être inventif. L'accès était autrefois interdit, à l'époque où, pour le bien de tous, il avait fallu réhausser les zones d'habitations de plusieurs centaines de mètres. Seuls, les plus anciens pouvaient encore se souvenir des débats d'experts, visant à définir à quelle hauteur l'air devenait enfin plus pur, ou du moins respirable sans équipement pour le commun des mortels. Évidemment, certains avaient crié au sacrilège, car il s'agissait de se distancier physiquement de la terre nourricière. Pour que les récalcitrants la mettent enfin en sourdine, il avait bien fallu quelques mesures coercitives, dont les plus bruyants firent sans doute les frais. Puis, la polémique s'essouffla, et s'estompa d'elle-même. Bientôt, on en oublia même l'idée de retourner voir le sol de nos ancêtres, puisque s'y aventurer signifiait bel et bien mettre sa santé en péril. À quoi bon prendre ce risque, pour n'en tirer aucun bénéfice ? Quelques-uns tentèrent tout de même d'y aller, à grand coup d'enjeu médiatique, mettant en scène contre grasse rétribution un parcours qui se voulait héroïque. Mais le public se détourna bien vite de ces gugus de pacotille, qui bivouaquaient 500 mètres plus bas, avec ou sans masque filtrant, et dans des scénarios maintes fois revus. Même les émissions les plus érotiques comme « À nu sous la brume » n'eurent bientôt plus vraiment de spectateurs et l'idée de s'aventurer aussi bas devint tout simplement très ringarde.

Vint ensuite la période de « retour aux sources » où l'on créa toutes sortes de passerelles, afin de pouvoir descendre, masqués, les jours de commémoration. Mais, s'il y eut initialement un engouement certain, la mode tomba vite en désuétude, et les multiples passerelles rouillèrent tranquillement. On maintint pour la forme une commémoration par an, où chaque pays veillait à redescendre en grande pompe, ne restaurant que les passerelles les plus flatteuses. De sorte qu'aujourd'hui, il était probable que l'autorisation de descendre sous la brume hors commémoration restait un délit, mais, comme personne ne semblait transgresser cette règle, il était également peu probable que la surveillance des accès soit très intense.

Toutefois, Norb ressentait toujours un petit frisson lorsqu'il y allait - d'ailleurs jamais seul, par mesure de sécurité. Et la seule personne en qui il avait suffisamment confiance pour être certain de ne pas être dénoncé à une quelconque autorité, c'était Hippolyte. Ainsi, c'était toujours côte à côte qu'ils tentaient une expédition.

Lorsque Norb avait vu cet appartement, ça avait été le coup de foudre. Pour l'acquérir, il sut immédiatement qu'il alignerait sans négociation autant de sous qu'on lui réclamerait. Ça tombait bien, il venait d'être promu directeur du prestigieux CEPT, le fameux Centre d'Euthanasie Pour Tous. Et à la clé, une belle prime lui souriait. Lorsque l'agent immobilier lui fit faire la visite, Norb fut évidemment immédiatement emballé par la piscine centrale, imaginant déjà les danses joyeuses de Daphnée, surplombées par ce dôme sublime, qui ne manquerait pas de subjuguer ses futures conquêtes. Mais par-dessus tout, ce qui l'avait d'emblée fasciné, c'était le potentiel de l'ascenseur privé, qui conduisait directement dans le garage, au « sous-sol ». En effet, le terme « sous-sol », vestige du langage des temps anciens pour les constructions, avait été préservé, même si, évidemment, le sous-sol n'était plus dans le sol, mais à des centaines de mètres de celui-ci. Toujours est-il qu'on avait conservé le vocabulaire évoquant l'empilement des étages, et le « sous-sol » restait donc pour les parkings le terme désuet utilisé.

Le coup de cœur fut donc immédiat, car non seulement Norb sut qu'il pourrait accéder au garage de façon parfaitement discrète, permettant de faire entrer toute maîtresse sans attirer l'œil suspicieux de voisins aux aguets, mais surtout, il repéra sur les plans que ce garage se situait juste au-dessus d'une vieille passerelle vers la terre, dont l'accès avait été muré, mais dont la trace restait facilement détectable.

Ainsi, à peine avait-il signé pour l'achat qu'il courut sonder la dalle de son parking, étudiant de longues heures durant la façon de mettre à nu le passage vers l'aventure.

Il avait fallu beaucoup de persévérance pour réussir à obtenir les outils nécessaires à la perforation de la dalle. Bien sûr, les techniques actuelles auraient pu en un instant pulvériser cette couche qui séparait le parking du monde caché des temps anciens. Mais cela aurait aussi créé une onde de choc impossible à dissimuler, et un tel fracas n'aurait pu bien longtemps rester discret, même si Norb estimait avoir le bras suffisamment long pour faire taire tout délateur potentiel ; il n'aurait d'ailleurs rechigné à aucun pot de vin, si cela s'était avéré nécessaire pour préserver son secret.

Quand Norb repensait à cette période, c'était avec une pointe de nostalgie, car sans doute, cela avait été l'un des moments les plus heureux de sa vie. Il se remémorait l'excitation qui avait entouré ce projet, et son halo de mystère. Mué par ce désir fou de percer cette dalle, avec la certitude qu'il y parviendrait – quoiqu'entremêlé parfois par un ruban de doute, qu'il s'efforçait de démêler rageusement. Jamais il ne s'était vu aussi déterminé. Jamais, il ne s'était connu si persévérant. Jamais, il n'avait autant attendu, autant désiré. Et toujours, il se souviendrait de cette émotion enivrante du triomphe lorsqu'enfin la dalle céda. De cette délectation incroyable qui l'assaillit, cœur battant, souffle coupé, lorsque la fumée des gravats s'estompa, et qu'il put humer l'odeur fade du monde d'en dessous.

Et puis, il avait fallu inventer, car, si la passerelle était bien en dessous, une dizaine de mètres la séparait du sol du parking désormais éventré. Alors, là encore, son cerveau s'était mis en ébullition, échafaudant des systèmes de câbles, de cordages, de poulies complexes, qui lui permettrait, lui, l'homme pourtant si peu agile, non seulement de descendre dans l'antre excitante du passé, mais surtout, de faire le trajet dans l'autre sens, car il entendait garder son confort de vie, et n'aspirait en rien à devenir un ermite des temps modernes, quittant luxe et société pour disparaître dans l'oubli, à la recherche du passé.

Après des mois de travail, le système lui parut suffisamment robuste pour tenter une expédition.

C'est là qu'il convoqua Hippolyte. Il craignait de descendre seul. En cas de problème, il ne voulait pas rester coincé en bas. Hippolyte serait suffisamment ingénieux pour le tirer de n'importe quel contre-temps. Du moins, c'est ce qu'il se disait, pour se rassurer ; cette descente n'avait rien d'improvisé, rien d'insensé, pas la moindre once d'incertitude.

Hippolyte fut réellement bluffé. Son ami semblait se conformer à la vie qui lui souriait, et jamais, il n'aurait pu imaginer un tel investissement pour un projet aussi périlleux. Jamais il n'avait soupçonné un tel désir de transgression chez Norb, qui, au fond, ne savait pas très bien ce qu'il risquait, même s'il était évident qu'il ne fallait pas se faire prendre. Cela suscita chez Hippolyte une sincère bouffée d'admiration, teintée de tendresse. Il était entendu que devant la possibilité d'une belle montée d'adrénaline, Hippolyte applaudissait immédiatement avec véhémence.

Et le soir même, à la tombée de la nuit, ils s'élancèrent. S'il y avait eu des spectateurs cette nuit-là, ils eurent pu entrevoir une pipistrelle, dansant autour de deux corps coulissants au-dessus du vide.

- C'est bon, c'est bien vous, dit-elle en émettant un petit bruitage, qui se voulait un rire cristallin et enjoué, mais sonnait comme un funeste rictus.

Toujours est-il qu'elle était vraisemblablement sincèrement soulagée. L'uniforme blanc parvenait à cacher toutes ses formes, si bien que l'on n'eut pu dire si elle était jolie. Mais pour oser se démarquer, elle avait agrafé un petit smiley qui surplombait curieusement sa poitrine. Cheveux attachés, selon le protocole. Ongles courts, mais rongés.

- Avant de remplir les autres paperasses, vous allez pouvoir me suivre.

Comme il la regardait, hébété, sans être sûr de comprendre, elle explicita, haussant les épaules :

- Vous savez, rien ne sert de remplir les autres documents si l'étape qui vient n'est pas remplie. Autrefois, on remplissait tout, puis, on s'apercevait que ça ne servait à rien, puisque les gens n'allaient pas au bout de la démarche... Bref, du temps foutu en l'air... Maintenant, ajouta-t-elle, pleine d'entrain, on commence par le détecteur de mensonges, et si le test est validé, alors, seulement, à nous la paperasse !

Et il put lire dans ses yeux la certitude rassurante que le protocole était enfin cohérent, abouti, et qu'il se déroulait désormais dans un ordre logique, infaillible, *évident. Une mécanique, empreinte d'une profondeur sensée, implacable.*

Alors, il la suivit dans la pièce suivante, bercé par ce déroulement si minutieusement réfléchi.

Mais une question, au fond, le taraudait. Car, sans qu'il se l'avoue parfaitement, de quoi aurait-il l'air, s'il se faisait bouler par un simple détecteur de mensonges ? Une vraie honte... Suintante, effrayante. Enfin, il ne risquait rien, puisque sa décision était prise. Mais s'il se trompait ? Et savait-il vraiment lui-même ce qu'il voulait ? Il secoua la tête, chassant ces pensées idiotes.

Et s'installa sur le fauteuil moelleux.

Une petite musique apaisante baignait la pièce, l'invitant à se détendre, tandis que des mains expertes lui collaient les électrodes sur le front.

La première fois qu'ils avaient touché la passerelle, celle-ci avait vibré, laissant échapper un grincement rouillé. L'écho s'était perdu au loin, dans l'air enfumé. Il faisait nuit, la lampe frontale les éclairait, tandis que leur respiration se faisait courte sous les masques à gaz.

Ils n'allèrent pas très loin la première fois. Si l'excitation les tenaillait et les aurait maintenus éveillés encore de longues heures, l'effort engagé pour arriver jusque-là était tout de même conséquent, et ils sentaient qu'il leur fallait se reposer. Ils réussirent tant bien que mal à refaire les acrobaties en sens inverse, le halo lumineux atténué par la brume accompagnant leur remontée. Et ce fut exténués, mais heureux, qu'ils s'engouffrèrent dans le garage de Norb. Puis l'ascenseur. Et ils s'effondrèrent enfin dans le salon. Daphnée, qui d'habitude ronflait allègrement, cette fois-ci, les attendait dans l'eau, consciente du moment historique, et visiblement soulagée de les voir revenir. Le Dôme resplendissait sous un ciel étoilé, contraste saisissant avec la brume qu'ils venaient de traverser. Ils avaient l'impression que la poussière d'en bas les encerclait. Alors, vite, pour se rincer, ils se jetèrent dans la piscine.

Les semaines qui suivirent furent intenses. Ils prirent l'habitude d'y descendre dès que Norb avait un jour de congé. Puis, afin de se dégager de la passerelle, et pour pouvoir toujours aller plus loin, ils commencèrent leur descente en plein jour, ce qui était bien plus facile pour prendre des repères dans la brume.

Un jour, excédé par son masque, Norb décida de l'ôter. Hippolyte, d'habitude tout aussi inconscient que téméraire, l'observa, perplexe. Si son ami sembla initialement avoir le souffle un peu court, sa respiration, finalement, s'apaisa. Norb, lui-même surpris de sa propre audace, éclata d'un rire vainqueur. Pas de syncope. Pas de crise d'asthme. Il respirait, et sans artifice moderne. Hippolyte objectiva qu'on ne connaissait pas les conséquences médicales sur du plus long terme. Norb lui décocha un regard narquois. Son ami inhalait régulièrement toutes sortes de saloperies pour son spectacle, lui le cracheur de feu. Et c'était lui qui lui faisait la morale ! Il haussa les épaules, et se contenta d'un petit clin d'œil. Advienne que pourra, c'était maintenant qu'il voulait vivre. Et qu'importe les recommandations sécuritaires pour sa santé. Il avait respiré l'odeur du passé, sans filtre. Et puisqu'il était toujours debout, il entendait renouveler l'expérience.

Et c'est ainsi que, sans filtre, il flaira la passerelle rouillée, la brume lourde et rancunière, le goudron abandonné. Puis, lorsqu'ils s'éloignèrent peu à peu de la passerelle, il découvrit les odeurs fades du monde sans lumière.

Peu à peu, ils poussèrent toujours plus loin, prenant des repères, et ne se contentèrent bientôt plus de trajets à quelques heures de marche, mais envisagèrent de bivouaquer la nuit, afin de rester dans le monde inerte d'en dessous un week-end entier. Plus ils s'éloignaient de l'épicentre de leur descente, plus les parfums se modifiaient. Plus la brume devenait légère. Ils commencèrent à espérer : s'ils s'éloignaient suffisamment de leur ville suspendue, peut-être pourraient-ils apercevoir le ciel, en ayant les pieds sur terre, comme le faisaient leurs ancêtres ? L'excitation de nouveau les enivra. Car, s'il y avait moins de brume, et que le monde-sous-passerelle retrouvait saveurs, odeurs, couleurs, ils se mettaient aussi beaucoup plus à découvert, et redoutaient qu'un quelconque satellite ne les localise, eux, petites fourmis arpentant la terre ancestrale.

La machine s'affairait, éructant quelques sons disgracieux.

Il essayait de faire le vide en lui. Ne pas céder à la panique. Ne pas la laisser propager son désespoir gluant. Souffler. Respirer. Au rythme de la machine et de ses sons, d'une lugubre modernité. Il sentait les vibrations des ventouses, qui, une à une, semblaient s'éveiller, se répondre l'une à l'autre, pour s'éteindre de nouveau. Les battements de son cœur, hésitant, semblaient leur répondre tout en s'emballant.

Soudainement, la machine émit un dernier soupir clignotant, hoquetant un rayon salvateur, et accoucha d'un papier translucide parsemé d'un tracé erratique et phosphorescent. Il poussa un soupir de soulagement. Déjà l'infirmière au smiley réapparaissait. Ses mains expertes éjectaient les ventouses, comme pour le libérer de l'étreinte d'un monstre marin inconnu.

Avoir un visage humain dans son champ de vision l'emplit d'un apaisement soudain.

- Vos résultats, comme vous le savez déjà certainement, vont être relus par un expert neurologue. Mais, ajouta-t-elle dans un gloussement plein de connivence, je pense que je m'avance peu, en vous disant que vous allez sans doute valider cette première épreuve.

Sourire plein de gratitude.

- Bon, pour le programme qui va suivre, je vous lis le texte de la procédure : « Après avis favorable du neurologue, un médecin psychiatre validera la véracité de la machine. Puis, un avis médical de la spécialité concernée validera si le moment est propice vis à vis de l'évolution de la maladie. » Évidemment, ajouta-t-elle d'un ton entendu, en se détachant de son prospectus, nous sommes une civilisation basée sur l'humain, pas que sur la technique ! Venez, je vous conduis au neurologue !

Il la suivit, hypnotisé par le smiley palpitant sur son sein.

Pour leur premier bivouac, Norb avait investi dans une sompueuse tente avec matelas intégrés. Craignant d'attirer l'attention et de risquer que des vendeurs consciencieux ne le dénoncent, il acheta également des guides de plateformes éloignées, qui se voulaient une reconstitution fidèle de forêts et parcs terrestres, visant des touristes empreints de relents bucoliques et qui voulaient faire l'expérience d'un dénuement tant nostalgique que sincère. Norb se trouvait parfaitement crédible en touriste admiratif de la nature ; il écouta attentivement les recommandations d'un vendeur passionné. Il dévoila le soir même ses acquisitions à son ami, sous un crépuscule radieux. Le Dôme zébré de rose et d'orangé miroitait l'excitation et l'insouciance.

Hippolyte siffla quand Norb déballa la tente, non pas qu'il la trouvât fantastique, mais il mesurait l'écart de confort pour son ami, qui, s'il avait investi dans les matelas les plus rembourrés existants de l'époque, ne promettaient toutefois qu'un confort très relatif.

Néanmoins, il lui refusa les gadgets lumineux, redoutant qu'un drone grincheux ou un satellite zélé ne soient alertés par un halo inconnu.

Daphnée observait les deux hommes avec suspicion, sentant l'enjeu brûlant qui se préparait. Elle minauda un instant, craignant d'être abandonnée, puis s'en alla boudeuse à l'autre bout de la piscine.

Heureusement que les otaries ne savent pas parler, songea Norb. Elle nous dénoncerait par pure jalousie !

Ils avaient marché toute la journée et choisirent avec délectation l'endroit où ils allaient passer la nuit. Ils s'étaient suffisamment éloignés de la passerelle pour n'être plus dans le brouillard habituel, espérant ainsi découvrir le ciel tel que leurs ancêtres le connaissaient. Ils renoncèrent à la première clairière, qui leur semblait trop exposée. La deuxième était en bordure de forêt, et parsemée de buissons. Un endroit idéal. Pour un drone, leur tente ne serait qu'un buisson supplémentaire.

Ils trinquèrent avec énergie à leur première nuit, comme deux compagnons que l'infortune réunissait. La nuit étendit sa chape de sommeil.

Au dehors, les bruits de la nuit s'éveillèrent. Entre fascination et terreur, ils écoutèrent l'extérieur s'animer de craquements insolites et de piétinements assurés.

- Il… Il y a des animaux qui… qui sont restés sur Terre ? bredouilla Norb, qui cherchait à garder une contenance.

Hippolyte ronchonna. Lui non plus ne pouvait pas dormir. Il se refusait toujours à enlever son masque par crainte que l'air vicié ne l'imprègne. Mais pestait de n'être à son aise pour respirer et plonger dans ses rêves. Sa pipistrelle trépignait dans la tente, voletant en des zigzags saccadés. Mais, ne reconnaissant pas les cris du dehors, il redoutait qu'elle ne se fît croquer par une bête tout aussi exotique que cynique, et la laissa virevolter dans ce huis clos, semant sa frustration au gré de ses battements d'ailes. Norb, bougon, se rendit compte que cette nuit insolite le laissait aux aguets. Il n'osa même pas entrouvrir la fermeture éclair, afin d'apercevoir les étoiles, les vraies. Il regretta son lit douillet, où pouvaient se déployer ses fantasmes légendaires. Et il chercha le sommeil, ressassant les paires de jambes épinglées dans sa mémoire, pour ne pas se laisser envahir par les murmures furtifs de la nuit.

Au petit matin, dès les lueurs de l'aube, ils replièrent en vitesse leur attirail d'aventurier, et regagnèrent au plus vite la passerelle constellée de rosée.

Lorsque Norb se retrouva seul dans sa piscine, les nuages défilaient à tout allure sur le Dôme de verre. Daphnée vint se blottir contre lui. Il savoura cet instant de paix, conscient de vivre dans un monde protégé, et protecteur. Le summum du confort. Il se délecta d'exister durant cette période où l'humanité régnait gracieusement à son apogée. Il considéra sa vie, laissant défiler ses souvenirs. Philosophe, voilà ce qu'il devenait ! Et fier de l'être. Un épicurien dans sa piscine, baignant dans la réussite.

Il songea avec fierté à tout ce qu'il avait su accomplir. Son Dôme marquant l'apothéose de son existence. Il se revit étudiant. Puis passa en revue les plus belles paires de jambes rencontrées, et celles aussi qu'il était plus aléatoire de conquérir. Il repensa aussi à sa vie professionnelle. Une ascension constante. Rythmée de réussite. Jusqu'à son apogée, représentée par son fameux discours, dont parfois, il se plaisait à réciter quelques bribes, à mimer quelques postures, pour le plus grand plaisir de Daphnée, fidèle spectatrice, qui savait toujours récupérer quelques récompenses de son attention joyeuse.

« Évidemment, tout est minutieusement vérifié ». « Chacun est libre de disposer de lui-même ». Et le tonnerre d'applaudissements - que Daphnée, docile, reproduisait du bout de ses nageoires - lorsqu'il avait lâché son fameux « Je meure où je veux, quand je veux ». Bien sûr, dans l'assemblée, il y avait bien eu quelques septiques. Des bâtards bien-pensants, prêts à vous clouer le panache sur l'autel de leur jalousie. Des prétendus lanceurs d'alerte, prêts à sacrifier la liberté de tous, pour prêcher aux risques de dérives. Mais il était rodé aux techniques de communication. Il avait somptueusement renvoyé dans leurs cordes ceux qui juraient « La vie coûte que coûte », ceux qui grinçaient « Il y a d'autres moyens de soulager », ceux qui agitaient les banderoles « Qui décide de la mort de qui ? ».

Au terme de quoi, il avait hérité du prestigieux titre de directeur du CEPT, bien mérité après de tels talents d'orateur.

Il avait brillamment rassuré les journalistes, garantissant de stricts contrôles d'instances indépendantes, permettant à chacun de jouir de sa « liberté éclairée » en s'épargnant de manipulations de tiers malveillants. Chacun pouvait décider, en son âme et conscience. Et pour éviter toute interférence extérieure, le détecteur de mensonges veillait. « Ceux qui ne veulent pas mourir, ne meurent pas ». « Ceux qui choisissent de mourir, le peuvent ». Daphnée applaudit de ses vigoureuses nageoires, reconnaissant les intonations solennelles du discours. Elle lui lança un regard entendu, plein de connivence. Et hop, elle engloutit plein d'aise le poisson argenté qu'il lui décocha.

La cloche sonna, le tirant de ses rêveries.

Le neurologue salua ardemment ce patient prestigieux. Il consulta avec attention les données du détecteur de mensonges. D'un ton docte, formel, conciliant, il expliqua :

- Vos données sont parfaitement claires ; votre envie de mourir est sincère.

Et il ajouta, compréhensif :

- Effectivement, avec votre maladie, mieux vaut faire la demande d'euthanasie tant que vous le pouvez encore... Avant la dégradation physique et mentale inéluctable...

Il n'entendit pas la suite, encombré par ses propres pensées, s'entrechoquant comme des auto-tamponneuses désordonnées. Soulagement d'éviter le recalage. D'échapper à la honte de se dédire. Excitation d'être validé. Crainte du Néant. Mots cruels de la réalité de la maladie qui se précipite.

Les lèvres du neurologue continuaient à bouger, avec des intonations chaleureuses. Des explications peut-être. Il réajustait ses lunettes au fur et à mesure de ses propos. Puis faisait danser ses mains en un ballet savamment maîtrisé. Sa main droite brusquement s'avança, semblant se tendre pour venir saisir la sienne.

Alors il la tendit, finalisant l'entretien par cette poignée de main fugace.

Il enfila son peignoir, et alla ouvrir promptement.

- C'est pour l'annonce, explicita la jeune femme, avec son accent de l'Est.

Puis elle ajouta : « Je suis votre voisine. J'habite deux étages en dessous. Et j'adooorrre les animaux. »

Norb jeta un coup d'œil vers Daphnée. Il avait omis de lui parler de l'annonce. Daphnée observait discrètement, restant totalement immergée, mis à part ses deux yeux qui scrutaient la jeune femme.

Norb, à son tour, détailla la jeune voisine. Impossible de définir la forme de ses jambes, emballées dans une paire de collants de laine rayés, et des guêtres violettes surplombant ses chaussures. Cet accoutrement lui parut improbable. Mais il comprit immédiatement que cet aspect incongru favoriserait sans doute la confiance de Daphnée, qui, avec son sens animal, devrait percevoir chez son maître l'absence total de désir que suscitait la jeune femme. Il sentit que Daphnée verrait bien en elle une amie, et non une concurrente.

Alors, aussitôt, il annonça :

- Daphnée, je te présente Ludmila, elle te gardera quand je devrais m'absenter plusieurs jours d'affilée.

Sidérée, Daphnée ne sut comment réagir et resta immobile, les yeux affleurant la surface de l'eau claire.

Cette expédition, Norb l'avait préparée avec autant de minutie que d'engouement. Car, après la nuit passée en tente, il avait compris non seulement que l'envie d'y retourner était inexorable, mais surtout que les conditions de séjour actuelles demeuraient trop angoissantes. C'est alors qu'il avait songé à la lettre que lui avait écrite son grand-père. Comme un flash. Une information attendant sagement le moment où elle pourrait s'extirper des méandres de ses souvenirs. Il lui léguait sa maison, et sa voiture. À l'époque, cela lui avait paru bien insignifiant. Aucun potentiel pécuniaire. Être propriétaire d'un bien inaccessible et dans le brouillard ne revêtait aucun intérêt. Toutefois, la culpabilité de détruire une lettre à caractère familial l'avait poussé à la ranger scrupuleusement dans un tiroir. Aussi, après la nuit passée sur la terre ferme, eut-il l'idée de reconsidérer les mots du défunt grand-père. Peut-être que les mots « en faire bon usage » prenaient en fait une tout autre valeur ? Et que cachaient les termes « mode d'emploi de secours » joints à la clé de la prétendue voiture. Jamais il ne s'était posé la question.

En étudiant la carte, la maison semblait à deux jours de marche. Était-elle toujours sur pied ? Impossible de le dire. Mais au prix d'une unique nouvelle nuit en tente, il pourrait en avoir le cœur net. Et maintenant qu'il étudiait le « mode d'emploi de secours » de la voiture, il eut l'intuition qu'elle ne fonctionnait pas comme elle aurait dû… Était-ce une énigme posée par son grand-père ? Et alors qu'il considérait les choses sous cet aspect, se pouvait-il que son grand-père, contournant la censure de l'époque, lui ait légué un modèle ancien ou trafiqué, ne répondant plus aux communes lois de l'auto-conduite ? Car à bien y réfléchir, son grand-père non plus n'avait pu vivre dans cette maison, la vie sur terre remontait bien à plusieurs générations précédentes…

L'excitation le gagna. Lorsqu'Hippolyte, sollicité en urgence, arriva, il lui fit part fébrilement de son hypothèse. Celui-ci étudia en silence le manuel. Cela ressemblait bien à un cours de conduite. Et il dut se rallier à l'idée de son ami.

Lorsque Norb se coucha ce soir-là, il était convaincu que son besoin de transgression fraîchement révélé était en fait un legs génétique émanant de son grand-père.

Il ne sut si son nouvel interlocuteur était un homme ou une femme, et finit par conclure que ce devait être un représentant des transgenres. Sa voix apaisante chantait la bienveillance. Mais il répondit aux questions de ce psychiatre avec parcimonie, craignant de faire invalider la décision du neurologue.

Et se laissa envahir par la brume de ses pensées.

Nouvelle main qui se tendit, vers laquelle il orienta la sienne, par réflexe, poignée affaiblie, mais qu'il espéra sincère.

Lorsque Ludmila arriva, Norb était prêt depuis bien longtemps, rayonnant de détermination. Pour être tout à fait crédible dans son scénario de touriste parti en vacances pour une semaine, il avait laissé nonchalamment traîner des prospectus d'agences de voyage, et avait même poussé le vice jusqu'à acheter des billets de train. Dans l'hypothèse où il se serait trompé sur Ludmila, qu'elle furette dans ses affaires, voire même qu'elle soit une enquêteuse déguisée à la solde des gouvernements.

Lorsqu'elle demanda où le joindre en cas de problème pour Daphnée, il lui rétorqua que justement, il ne serait pas joignable dans son lieu de retraite spirituelle, et que de fait, il lui léguait les autorisations de soins si nécessaire. Il veilla d'ailleurs à ce qu'elle eut l'avance suffisante pour régler un éventuel vétérinaire, et la laissa installer ses affaires - un ordinateur et des pelotes de laine - dans la chambre d'amis. Il eut donc l'intuition qu'elle poursuivrait ses études, et de nouveaux collants, qu'il lui souhaita secrètement plus glamours. Le Dôme resplendissait. Et il claqua la porte, confiant, avec entrain. Il fit mine de se diriger vers la gare, avant de revenir par un chemin détourné vers son garage.

Hippolyte s'y trouvait déjà. Sans bruit, ils attendirent patiemment que la nuit arrive. Puis, ils commencèrent leur expédition, avec désormais, pour atteindre la passerelle, l'habileté de l'habitude.

Les deux experts « humains » ayant sans la moindre hésitation confirmé l'analyse du détecteur de mensonges, il fut rapidement conduit vers le dernier médecin spécialiste de sa maladie, qui confirma le timing opportun pour sa demande de mort. Avant, c'était trop tôt. Après, ce serait trop tard. Timing idéal donc. Le rendez-vous fut par conséquent vite expédié, et l'infirmière au smiley l'entraîna vers la pièce suivante.

Norb et Hippolyte marchèrent longuement, jusqu'à ce que l'épuisement leur dicte qu'ils avaient atteint leur nouveau site de campement. Ils savaient que cela ne serait que pour une nuit, et, s'ils restèrent aux aguets, l'effet de surprise de la première fois s'était estompé, ce qui leur permit de fermer l'œil quelques heures. La pipistrelle, elle aussi, en terrain connu dans la tente, zigzagua de façon plus sereine.

À l'aube, ils replièrent le matériel rapidement, et continuèrent leur périple, carte et boussole à la main. Plus ils approchaient du lieu où la maison devait se trouver, plus la tension montait. Car, que feraient-ils s'ils ne la trouvaient pas ? Et si elle s'était effondrée ? Comment gérer la déception ?

Le crépuscule commençait à tomber. Quand ils arrivèrent. Elle était là. Enfouie sous le lierre. Elle avait bien perdu quelques pierres. Mais elle était là. Norb, fébrile, sortit la clé de l'enveloppe, avec précaution. Et la glissa dans la serrure.

Le smiley le conduisit à la pièce suivante.

- Vous êtes ici pour régler des détails parfaitement pragmatiques, expliqua l'homme sobrement. En effet, au début de ce vaste projet, il était laissé à la discrétion de chacun le soin d'organiser les modalités de dispersion du corps. Vous imaginez bien que certains, ne s'en étant absolument pas préoccupés, ont délégué ce soin au reste de la société, qui n'avait alors d'autre choix que de s'en charger. Ce qui, d'ailleurs, ajouta-t-il, philosophiquement, est un peu déroutant. Puisque la demande d'euthanasie s'inscrit dans un concept de libre choix de la fin, il faut bien en assumer le déroulement jusqu'à, justement, sa fin.

Il réajusta ses lunettes.

- Voyons donc les possibilités qui s'offrent à vous. Il tira de son tiroir un prospectus explicatif, et déplaça de façon aguerrie ses doigts entraînés. Ça, c'est pour le côté historique, sourit-il en pointant le dessin du cercueil qu'on enfouissait dans la terre ancestrale. Évidemment, cela n'a plus aucune place dans notre monde moderne. Bon, voyons les options qui s'offrent donc à vous. La crémation, ça, c'est pour les nostalgiques, les puristes, quoi. L'urne est remise aux proches, que vous aurez préalablement dûment désignés. Libre à eux de la garder, ou de la déposer au Mur Rotatif du Souvenir. Vous avez ici les photos. Avec ou sans cérémonie, c'est selon votre choix, et les tarifs

correspondants sont par ailleurs notés ci-dessous (avec, ou sans cérémonie). Dans l'hypothèse où vos proches ne viendraient pas réclamer l'urne dans un délai raisonnable - vous voyez que nous envisageons toutes les options -, nous nous chargerions bien sûr de l'y mettre, dans ce Mur Rotatif du Souvenir ; mais évidemment alors, sans cérémonie.

Il haussa les épaules. Puis ajouta :

- C'est pour cela que nous vous demanderions d'ores-et-déjà le règlement sans cérémonie, si vous jetez votre dévolu sur cette option. Ainsi, si vos proches se décident finalement pour une cérémonie, alors que vous n'en avez pas avancé les frais, ils en assumeraient eux-mêmes le coût supplémentaire. S'ils viennent réclamer l'urne, nous la leur remettrions selon les modalités décrites en italique ci-dessous. Je vous laisserai le temps de les lire si vous voulez en connaitre les détails.

Il laissa un petit temps.

- Bon, plus moderne maintenant ! La désintégration. Vous entrez (enfin, on vous fait entrer, naturellement...) dans la machine que vous voyez sur cette photo. Et hop l'éclair, paf, c'est la désintégration. Là aussi, le forfait, avec ou sans cérémonie, dit-il en pointant les tarifs correspondants.

Silence.

- Votre nom peut alors également être inscrit sur « le Mur des Désintégrés » ; il faut dans ce cas rajouter l'option que vous voyez ci-dessous. Et pour une somme supplémentaire, votre nom peut même être gravé dans une plaque de marbre. Une sorte d'inscription V.I.P, quoi. Bon... Fatalement, c'est plus cher... C'est vous qui voyez... Et la dernière possibilité, là, c'est vraiment la dernière

nouveauté, l'enterrement du siècle à venir, si vous voulez être visionnaire, ou précurseur quoi, vous pouvez opter pour la délitescence. C'est plus élégant, dans le sens où, vous voyez, contrairement à la machine précédente, où le rayon vient vous désintégrer, c'est cette fois un processus où les nanoparticules de votre corps entrent en résonance, et à une certaine fréquence, voilà les particules qui se séparent. Comme un feu d'artifice. C'est plus explosif, la délitescence. Mais c'est aussi plus écologique. Car l'énergie pour faire vibrer vos nanoparticules est bien moindre que celle nécessaire à la désintégration... Bien sûr, c'est nouveau, alors, de nos jours, ça reste plus cher...

Nouveau silence. Le temps que le discours puisse être digéré.

- Et enfin, ci-dessous, les modes de financement proposés quel que soit votre choix. Vous avez le temps de réfléchir, quitte à faire valider votre décision par un représentant du culte. De toutes façons, nous formaliserons votre choix final juste avant l'euthanasie, conclut-il, remettant le prospectus d'information à son interlocuteur, aussi mutique qu'indécis.

La serrure était rouillée, et il fallut à Norb plusieurs essais, lorsqu'enfin, elle céda. Ils pénétrèrent à l'intérieur, le cœur battant, euphoriques, mais prudents.

Un rayon de soleil venait illuminer certains endroits de la pièce. Dans ces halos de lumière, la végétation tendait à reprendre peu à peu ses droits. Ils s'aperçurent que le sol était jonché d'objets, comme si l'intérieur avait été pillé, à la recherche de quelque chose d'utile, et que le reste, délaissé, avait été négligemment abandonné. Pourtant, il y régnait une atmosphère calme. Les pillards avaient dû intervenir il y a bien longtemps, la maison ne devait plus revêtir le moindre attrait. Ils s'aperçurent d'ailleurs, que, tout à leur excitation d'utiliser la précieuse clé pour ouvrir la porte, ils eussent tout aussi bien pu passer par la fenêtre, qui, elle, avait été fracassée sans plus de cérémonie. D'ailleurs, un écureuil en profita pour s'éclipser furtivement par la fenêtre, jugeant les étrangers malvenus. La pipistrelle, qui était à cette heure sensée dormir, pointa toutefois le bout de son museau, comme pour signifier qu'il n'était non seulement pas l'heure de roupiller en ce moment historique, mais encore, qu'elle reconnaissait un ami du genre animal, à qui elle sembla vouloir décocher un petit clin d'œil. L'écureuil s'était néanmoins agilement retiré, et ne put voir cette marque de sympathie.

Se pouvait-il que des hommes vivent encore sur la terre ancestrale ? s'interrogèrent alors simultanément Norb et Hippolyte. D'un simple échange de regard, ils comprirent qu'ils se posaient la même question. Toutefois, si Norb imaginait des sauvages aux aguets, prêts à en découdre pour leur survie, Hippolyte se les représentait plutôt comme des héros bondissants et joyeux, sortes de Tarzan des temps modernes.

Ils parcoururent tranquillement la maison, considérant qu'il ne restait que probablement peu d'utilité aux vestiges laissés par des pillards aguerris. Mais peut-être les voleurs n'avaient-ils recherché que ce qui pouvait leur servir, alors que les deux amis pouvaient également apprécier ce qui justement ne pouvait plus servir à rien, mais gardait un charme désuet.

Ils arrivèrent au garage. L'excitation, de nouveau, les submergea. Car la voiture était toujours là. Certes, la vitre elle aussi, avait été brisée, mais, pour le reste, elle semblait intacte. Ils ouvrirent la porte du garage, s'imaginant que la voiture, d'emblée, allait démarrer, et fébrilement, insérèrent la clé dans le contact.

L'infirmière au smiley lui remit elle aussi un prospectus.

- Je n'ai pas l'autorisation de vous accompagner dans le lieu suivant.

En effet, la religion touche à l'intimité.

Je vous laisse le plan.

Vous allez entrer par la porte que vous voyez là.

Vous vous trouverez alors dans la salle d'attente.

De là, vous verrez plusieurs portes. Chacune d'entre elles ouvre sur le bureau d'un représentant du culte.

Toutes les religions sont représentées, ajouta-t-elle fièrement.

C'est pour ça qu'il y a plusieurs portes, gloussa-t-elle.

Petite précision quand même, au niveau de cette porte-ci, vous aurez un regroupement pour les religions les plus rares.

Vous pouvez également ne rester que dans la salle d'attente. On l'appelle la « salle d'Athée » sourit-elle.

Ou bien, vous rentrez dans la salle de votre choix. A votre convenance. Certains essayent même toutes les portes, révéla-t-elle malicieusement.

Et là, pas de caméra, pas de surveillance, une totale liberté pour votre âme et conscience, acheva-t-elle.

Je vous attends dehors, prenez le temps qu'il vous faut.

Des voyants s'allumèrent. Mais pas le moteur.

- Voyons, ne désespérons pas, se motiva d'emblée Hippolyte, négligeant la déception probable de son acolyte. Dans le mode d'emploi de ton grand-père, il y a sans doute la solution.

Cela raviva immédiatement l'espoir de Norb, qui, s'il n'avait pas appris par cœur le manuel légué par son aïeul, l'avait néanmoins lu consciencieusement à plusieurs reprises. Il se souvenait qu'effectivement, il y avait tout un chapitre destiné à démystifier la coloration de n'importe quel stupide voyant.

En le parcourant scrupuleusement, il comprit donc que la batterie était à plat. S'en suivait une explication pour y remédier, à base de pinces, d'énergie solaire, avec un schéma détaillé sur l'installation adéquate. Ouvrant le coffre comme préconisé, il trouva tout ce qui était utile, intelligemment rangé de façon à ce que n'importe quel novice tout à fait ignare ne soit pas totalement décontenancé. Il s'astreignit donc à faire le montage, comme décrit par son grand-père. Puis dut se résoudre à l'idée qu'il faudrait maintenant attendre quelques heures avant d'en tester l'effet. Hippolyte, perplexe, et qui commençait à avoir faim, se demandait s'il pouvait vraiment lui aussi enlever son masque à gaz pour croquer dans la pomme qu'il convoitait pour son goûter. Norb s'était depuis bien longtemps libéré de cette contrainte et observait son ami avec ironie. Lui, le cracheur de feu, respirant, là-haut, des tas de produits peu recommandables, redoutait toujours d'inhaler l'air « pur » d'en bas. Mais respectant le paradoxe de son ami, il l'aida à monter la tente, une fois qu'il fut certain que, décidément, ce n'était pas encore le jour où celui-ci enlèverait son masque, et qu'il eut la certitude qu'Hippolyte ne mangerait que dans l'air feutré et filtré de la tente. D'autant qu'après tout, vu le temps de charge de la soi-disant batterie, il était entendu qu'ils passeraient une nuit supplémentaire ici-bas, et que la maison ouverte ne revêtait pas un caractère de sécurité suffisant pour y dormir simplement. Ils montèrent donc la tente dans le salon, avec le sentiment de s'installer chez eux, même s'ils n'utiliseraient pas les lits de la maison.

Smiley l'attendait les mains sur les hanches et jugea, à la tête de son interlocuteur, qu'il semblait satisfait.

- Ça fait du bien, hein ? lui lança-t-elle d'un regard plein de connivence.

Il hocha la tête, sans préciser toutefois si le soulagement était lié aux temps d'échanges, d'intimité, ou d'une simple pause dans cette mécanique parfaitement huilée.

Elle se contenta de cette réponse évasive, et le conduisit allègrement vers le bureau suivant. D'une voix enjouée, elle présenta :

- Et voici le notaire !

Lorsque Norb et Hippolyte s'éveillèrent, ils eurent l'étrange sensation d'être observés. Mais, sortant de leur tente Hi-tech, ils ne virent ni rien ni personne. Point d'animal. Point d'homme non plus. Bref, pas d'être vivant visible. Tandis que la pipistrelle, épuisée par sa nuit agitée, regagnait la poche intérieure d'Hippolyte, les deux amis, de nouveau gagnés par l'excitation, se précipitèrent vers le garage pour étudier l'état de charge de la batterie. Celle-ci, durant la nuit, avait-elle réussi à se recharger ? Le cœur battant, les deux hommes réitérèrent la manœuvre de la veille. Cette fois, la voiture crachota. Pétarada. Et le moteur bruyamment s'anima, rejetant une épaisse et joyeuse poussière.

Euphorique, Norb s'installa au volant, tandis qu'Hippolyte ouvrit la porte du garage, tout en donnant une petite pichenette à sa poche intérieure, petit clin d'œil, tel un « give me five » à sa pipistrelle, histoire qu'elle ne loupe pas un tel évènement historique dans sa petite vie de chauve-souris. Celle-ci sortit une tête enjouée, l'air tout aussi complice que reconnaissant, puis elle retourna rapidement se coucher.

Norb découvrit avec joie que la voiture, comme il l'avait subodoré, ne possédait aucune aide à la conduite, et qu'il était totalement libre de la diriger où bon lui semblait. Pas de GPS, pas de consigne préméditée par le véhicule.

Juste lui, piètre conducteur, qui, malgré les embardées mal calculées, réussit à manœuvrer cet authentique tas de ferraille hors du garage, et le diriger vers ce qu'on aurait pu appeler une route. Car, si la végétation avait repris ses droits, on entrevoyait en dessous une couche craquelée de béton, traçant le chemin vers l'aventure.

Le notaire était parfaitement rodé. Explications concises mais fournies sur les formalités à remplir.

La fiche sur les droits de succession. À qui léguer quoi. Les règles pour la répartition entre tous les ayants-droits. À qui léguer en l'absence de descendance. La liste des organismes caritatifs, susceptibles d'accueillir les fortunes non distribuées. Puis les formulaires pour définir la garde de toute personne qui dépendrait encore du futur défunt, et le consentement à recueillir de celui qui se verrait alors chargé de cette nouvelle garde.

Enfin, le formulaire pour définir qui s'occuperait des animaux si toutefois le futur défunt en avait sous son toit. Avec cette fois-ci, l'absence de nécessité de consentement de la personne désignée pour cette tâche, étant entendu qu'en cas de refus de ce tiers, l'animal serait alors lui aussi euthanasié, solution finalement peut-être la plus simple pour tout le monde. À joindre l'autorisation de prélèvement bancaire avant clôture des comptes pour régler l'inhumation de l'animal fraîchement euthanasié s'il n'avait pu trouver un nouveau maître.

Il se demanda si Daphnée serait heureuse avec Ludmila.

La journée fut magnifique. Sans doute l'une des plus belles de leur vie. Le véhicule, petit à petit dompté, les avait conduits à travers des étendues insoupçonnées.

Prudemment, Norb avait fait demi-tour, lorsqu'il avait estimé que le niveau d'essence leur permettrait tout juste de rentrer.

Et lorsqu'ils atteignirent le garage, le voyant alarmait sur la fin des réserves. Ils descendirent, heureux, ne sachant pourtant s'ils trouveraient la solution pour fabriquer de l'essence, puisque le monde d'en haut avait été préservé de ces effluves toxiques. Toutefois ils avaient conscience d'avoir vécu un instant de liberté extraordinaire, qui resterait à jamais gravé dans leur mémoire comme un instant de bonheur intense.

Ils bivouaquèrent une nouvelle nuit. Rêves chaotiques. Ourlés de ce nouveau monde. À leur réveil, ils eurent de nouveau la désagréable impression d'être observés. Animal ou Humain en embuscade ? Ils ne voulurent pas s'attarder pour élucider cette question. Mais durant tout le trajet du retour, entre les images de routes désertiques, s'immisçait l'énigme suivante : se pouvait-il que des Hommes soient restés vivre à l'écart de la modernité et du confort ?

Lorsque Norb congédia Ludmila, Daphnée, qui semblait pourtant avoir apprécié son mode de garde, vint vivement fêter leurs retrouvailles. Elle sautait, virevoltait, replongeait, en un spectacle virtuose. Puis, d'une vitesse effrénée, elle longea les bords de la piscine, jusqu'à déclencher des gerbes d'écume qui embrasèrent le salon. Sous la Coupole radieuse, Norb applaudit. L'envie de se baigner avec Daphnée le prit. Il ôta alors joyeusement T-shirt et pantalon. Et c'est là qu'il le vit. Ce petit point de vide. Au-dessus de son nombril. Comme une étoile venant transfixier sa chair. Il vit. Que l'on pouvait voir de l'autre côté, au travers de lui. Un éclair dans la Coupole. Daphnée, qui l'observait, devint subitement silencieuse, immobile, consciente de l'effroi de son maître.

Smiley le rassura ; il arrivait au bout de la démarche. Plus que le banquier, et les formalités seraient terminées.

La banquière – car une fois n'est pas coutume, son interlocutrice, cette fois-ci était une femme – au tailleur sobre et impeccable, lui tendit la liasse de feuilles à signer. Grosso modo, ce qu'il faudrait soustraire de ses comptes actuels (cercueil, inhumation, garde d'animal, frais de notaire, etc.) ainsi que l'autorisation de clore les comptes une fois l'euthanasie accomplie, et les dettes réglées.

Il regardait ses jambes longues et fines, des chaussures à talon jusqu'au haut de la cuisse, et, songeant qu'en d'autres circonstances, il eut tout fait pour la mettre dans son lit, il signa machinalement les mornes liasses qu'elle lui tendait.

Norb avait couru chez le premier spécialiste de renom qui avait pu le recevoir. Et s'il devait à la fin de la consultation assurément se délester d'une somme certaine, il subodorait que, dans le mal qui l'attaquait, plus la prise en charge serait rapide, plus il aurait de perspectives de survie.

Le professeur, aux cheveux enneigés gorgés d'expérience, s'assit pour expliquer posément à ce patient fébrile. D'une voix calme, chaude. Norb lui avait montré le vide, qui s'était d'ores-et-déjà un peu étiré, tandis que deux autres vides avaient semé leur trouble, dans l'aine et dans la cuisse. Là encore, on voyait au travers.

D'une voix calme, chaude, le professeur nomma enfin « la maladie des étoiles ». Comme son patient demeurait tout aussi mutique que livide, il poursuivit. Mais doucement. D'une voix calme, chaude. Prédisant avec fatalisme ce vide qui n'allait que s'étendre. Se disséminer. Partout. Inexorablement. Point de traitement. Point de remède miracle. Et s'il ne pouvait sauver ce patient clairsemé d'espace, il pouvait au moins lui épargner par sa franchise l'abus de charlatans sans scrupules, prêts à ruiner tout malheureux par la promesse de remèdes tout aussi coûteux que mensongers. D'une voix calme, chaude, il chercha les mots pour rassurer. Ce patient-là, lui, avait toutefois une certaine forme de chance : travaillant au

CEPT, il aurait sans doute accès plus vite aux techniques
« de dernier recours », permettant de mourir dignement
avant que le vide ne s'engouffre.

54

Dans la Coupole, la tempête.

Éclairs, nuages, et le Dôme, qui se fissure.

En dessous, Norb, nu dans sa piscine, qui regarde l'eau
s'infiltrer au travers de ces étoiles de vide.

Pourquoi ?

Pourquoi lui ?

Sa vie ? L'air vicié d'en bas ? Une paire de jambes
vénéneuses ? Ses gênes ?

Pourquoi ?

Il trempe dans son désespoir.

Regardant ce vide désormais aussi dans un bras, dans
ses pieds, et ô combien humiliant, au travers de son sexe
inerte.

Pourquoi ?

Regardant sa vie qui défile, ses heures de gloire, de
conquêtes. De regrets.

Pourquoi ?

Un dernier regard à Daphnée. Qui le lui rend, plein de
sanglots.

Il se lève, décidé à joindre le CEPT.

Tandis que le Dôme se fracasse.

Alors voilà. Il y est. Couvert d'une tunique stérile, longue, pour cacher ce corps, et sa constellation de vide. Ses jambes ne le portent plus. Trop de vide pour maintenir l'appui.

Smiley le fait installer.
Précautionneusement.
Il regarde cet environnement, qui se veut chaleureux, apaisant. Petite musique douce. Lumière d'ambiance. Odeurs bienveillantes. Le calme et la douceur.
Le soulagement d'avoir franchi toutes ces étapes.
La fierté, de ne pas avoir été éconduit par un vulgaire détecteur de mensonges.
La sérénité, d'avoir rempli correctement toutes les formalités.
La reconnaissance, d'avoir pu accéder à cette salle, si vite.
Les regrets, de la vie qui va s'arrêter.
Il prend une grande inspiration. Et fait signe à Smiley.
Qu'elle peut œuvrer.
Elle cherche la veine, entre les étoiles. Pour y frayer sa perfusion.
Experte, elle finit par y arriver, alors que le vide en avait grignoté la moitié.

On attend le médecin. Celui qui viendra donner le coup de grâce.

Valider l'injection libératrice.

Dehors, dans le couloir, des bruits.

Du fracas même.

Un chaos, venant troubler cette quiétude hors du temps.

Des coups peut-être ? Une bataille ?

Et la porte brutalement, qui s'ouvre.

Une pipistrelle s'y engouffre, et vient virevolter dans la pièce.

Et Hippolyte apparaît, crachant du feu pour éloigner la sécurité qui l'assaille.

Arrachant la perfusion de Norb, il le saisit dans ses bras.

- Tu ne peux pas mourir ici, sans savoir ce qu'il y a en bas !

Et emportant son ami, ils s'enfuient dans la nuit, une pipistrelle voletant à leurs côtés.